THOMAS

THOMAS

GISELA FERNÁNDEZ

Fernández, Gisela

Thomas / Gisela Fernández ; editado por Florencia Giralda ; ilustrado por Ramiro Reyna. - 1a ed - Córdoba : Pipbuk!, 2023.

74 p. : il. ; 21 x 15 cm.

ISBN 978-631-90202-0-5

1. Novelas Fantásticas. 2. Narrativa Argentina. 3. Literatura Infantil y Juvenil. I. Giralda, Florencia, ed. II. Reyna, Ramiro, ilus. III. Título.

CDD A863.9283

Primera edición: Octubre de 2023
ISBN: 978-631-90202-0-5

Ilustraciones y maquetación: Ramiro Reyna

Realizado el depósito previsto en la Ley 11723

A Gael y Luisana, la verdadera magia de mi mundo.

CAPÍTULO 1

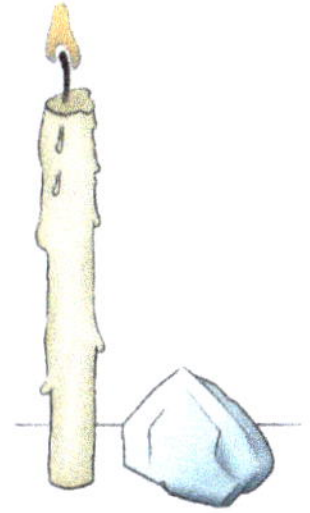

Soy Thomas Leone y a dos semanas de cumplir diecisiete años, mi mundo vuelve a ser un completo desconocido. Estoy en el último año de la escuela y no conozco a nadie. Es el costo que pagas por mudarte de un lugar a otro desde que tienes once. Soy el primer cambiaformas de la familia, un legado que heredé a través del linaje materno.

La primera vez que me transformé fue en mi fiesta de cumpleaños número once. Todo empezó con un mareo que amenazaba con arrasar mi equilibrio, así que corrí al baño, y sobre el refugio de paredes blancas vacié todo en el inodoro. Me arrimé al lavatorio para lavarme las manos y la cara, pero cuando me miré al espejo, ya no era mi rostro el que se reflejaba ahí: quien me miraba en el cristal era un adulto, el papá de uno de mis amigos. El desconcierto me golpeó. Deseaba desaparecer, pero mis piernas se negaban a moverse. Los golpes en la puerta dispararon mi nerviosismo, hasta que se convirtió en desesperación. Las lágrimas brotaron incontrolables, empañando mi visión.

Estaba perdido, sin saber cómo regresar a mi verdadero yo.

Para mí, lo más aterrador no era lo inexplicable de la situación, sino la posibilidad de salir de ahí bajo la apariencia de otra persona.

¿Qué pasaría si no me encontraban? Seguro llamarían a la policía, y todo se hundiría en el caos.

Decidí enfocar mi mente y controlar mi respiración; continuar en ese estado de pánico solo empeoraría las cosas. Cerré los ojos y el mareo volvió a embestirme, pero desapareció tan rápido como había llegado. Cuando volví a abrir los ojos, el espejo reflejaba al chico de ojos celestes con cabello largo y negro que conocía tan bien. Había vuelto a ser Thomas, pero ahora con una peculiaridad: estaba salpicado de pecas. Un cambio menor pero inesperado.

Al regresar a mi fiesta, Martín, mi mejor amigo, me preguntó si me encontraba bien. En sus ojos vi reflejada su preocupación. Asentí a modo de respuesta, intentando calmar sus temores.

Desde aquel día, mi vida tomó un rumbo distinto. Me sentía preocupado por lo que estaba ocurriendo conmigo, estaba entrando en un mundo del que no sabía absolutamente nada.

Mis padres me sentaron para tener una charla. Me revelaron que mi abuela Cleo era una bruja y que la magia fluía por sus venas. Mi mamá, a pesar de ser su hija, no había heredado ninguno de los dones mágicos, y nunca anticiparon que la magia saltaría una generación para manifestarse en mí.

Mi condición, a la que muchos denominan «cambiaformas», había comenzado a mostrarse.

Me explicaron que, al llegar a cierta edad, estos cambios podrían empezar a ocurrir, y que solo con las futuras transformaciones podríamos descubrir más sobre mi don.

—Es probable que experimentes otro cambio pronto. Y, sinceramente, esperamos estar a tu lado cuando eso suceda —dijo mamá, envolviéndome en un abrazo reconfortante.

—¿Por qué no me contaron todo esto antes, mamá?

—No me sentía preparada. Pasaron muchos años antes de que pudiera hablarle a tu papá acerca del linaje mágico de mi familia —me contestó con tristeza—. Solo quería protegerte.

Mi papá es nativo de Italia. Conoció a mamá en un viaje a España. El amor fue instantáneo, y mantuvieron una relación a distancia hasta que él decidió mudarse a Argentina, para estar más cerca de ella.

—¿Protegerme de qué o de quién? —pregunté, buscando entender.

—De la gente, de aquellas personas que no poseen tus habilidades. El mundo puede ser cruel con lo que no entiende o con lo que considera diferente —respondió afligida.

Esa fue la única vez que experimenté un cambio ese año. Sin embargo, en cada uno de mis cumpleaños posteriores, al inicio de cada otoño, volvía a cambiar de forma. Siempre en humano, nunca en otra forma.

Incluso hoy sigo sin dominar este proceso.

Llevo dos años buscando respuestas en internet y en los libros de mi familia. Necesito entender cómo controlar esto y por qué solo puedo cambiar en mi cumpleaños.

Tengo un millón de preguntas sin respuestas. He intentado armarme de paciencia y enfrentar la situación con calma, aunque esa no sea mi naturaleza. Lo poco que sabía hasta el momento era que en mi árbol genealógico eran contados los familiares con este don y que, a los diecisiete años, lo dominaban a la perfección. Aquellos que no lograban controlarlo se quedaban atrapados en la forma de otro ser para siempre.

El inicio del ciclo escolar llegó y, a decir verdad, no tenía ánimos de hacer nuevos amigos. El único amigo que tenía era Martín. Ha estado conmigo desde la primaria en Misiones y ha sido mi apoyo cuando todos se burlaban de mí. A pesar de la distancia y el tiempo, seguimos en contacto. Tiene planes de venir a Córdoba para estudiar Medicina.

Me resistía a la idea de decirle que quizás debía mudarme de nuevo en pocos días. Él desconocía mi secreto.

Después de mi primer cambio, nos mudamos a Buenos Aires. Le dije a Martín que el motivo del traslado se debía a que mis padres tenían muchos clientes importantes allí. Sufrimos al separarnos, pero nuestra amistad no se ha debilitado. Aunque él no sabía que su mejor amigo era un cambiaformas que tenía que huir constantemente para que nadie supiera quién era. Vivía en una constante mentira, y no sé cuánto tiempo me iba a tomar decirle a mi amigo lo que yo era de verdad.

Todas las veces que tenía que mudarme, que no podía crear lazos permanentes con las personas, me preguntaba si alguien más se percataba de mi ausencia, de si querían saber qué era de mi vida.

Aquel día, Martín me envió un mensaje para desearme buena suerte en la escuela y me alentó a hacer amigos. Siempre lograba sacarme una sonrisa.

El primer día de clases fue una repetición de todos los que he experimentado desde los once años. Como era el nuevo, y encima estaba en el último año donde todos ya eran amigos íntimos, no pasé desapercibido. Las miradas curiosas y los murmullos no tardaron en aparecer. A mi favor, siempre he tenido un carisma natural y una energía positiva que facilitan el acercamiento con la gente. Pero ya me sentía agotado de conocer y luego despedirme de personas en cada nueva etapa de mi vida.

Cada transformación que experimentaba me modificaba de algún modo. Las pecas fueron lo primero, luego mi cabello pasó de negro a rojo, y así con muchos detalles de mi cuerpo. Pequeños detalles que, sumados, poco a poco me hacían sentir menos yo. Por eso, cada vez que cambiaba de forma, mis padres y yo nos mudábamos.

Regresé a casa agotado pero consciente de que no podía perder el tiempo. Dejé las cosas en mi habitación y salí al patio. Había leído en uno de los diarios de mi abuela que la mejor manera de manejar el cambio era mediante la meditación en un espacio al aire libre y en silencio. Se recomendaba tener una piedra que nos representara y una vela blanca. Esa rutina la había llevado a cabo tres veces a la semana durante los últimos dos años.

Esa tarde acomodé la piedra de luna al lado de la vela encendida, cerré los ojos y puse mi mente en blanco. Ya había perfeccionado la técnica de la meditación. Quería cambiar, lo deseaba un montón, pero no sucedía nada.

Otro día más se desvanecía en un intento fallido.

El temor empezó a crecer dentro de mí. El miedo de no poder transformarme nunca, de no lograr controlarlo. La realidad es que estaba cansado, triste, agobiado y soy un adolescente. ¿Cómo eso resultaba posible? Sentía que sobre mí caían un montón de responsabilidades de las cuales no estaba listo para afrontar.

CAPÍTULO 2

Al día siguiente, en el camino a la escuela, una chica aceleró su paso para ir a mi ritmo.

—Buenos días, ¿cómo estás? —me saludó con alegría—. Soy una de tus compañeras de clase. Mi nombre es Anabela. Si necesitas algo, no dudes en decírmelo —continuó.

Su gentileza me pareció excesiva y asumí que quería llamar la atención. Antes de que pudiera responderle, siguió su camino, dejándome solo en la entrada del instituto.

Su acercamiento me desconcertó.

Una vez en clases, noté que Anabela era la clase de chica a la que todos quieren acercarse; la que siempre tenía la respuesta a todas las preguntas de los profesores. Era tan linda que hacía que los chicos suspiraran. Tenía un séquito de cuatro amigas que la rodeaban, y cuando pasé junto a ellas, las cinco me saludaron al unísono. Me limité a sonreír y tomé un asiento al final del aula. Mientras sacaba las cosas de mi mochila, una hermosa chica ingresó. Recorrió el aula con su cabello negro cayendo hasta la cintura, sus ojos tan oscuros como las profundidades del océano y una piel más blanca que la sal. Quedé impactado al ver que se acercaba a mí.

—Voy a sentarme acá, no parece haber otro lugar libre —anunció, ocupando la silla vacía junto a mí.

—No hay problema. —Le sonreí y me devolvió la sonrisa a través de su mirada.

Olía a jazmín.

No pude concentrarme en todo el día.

Cuando salí de clases, me fui a tomar un café. Cerca de la escuela había un restaurante de aspecto antiguo que me parecía copado y sencillo. Siempre me habían gustado esos lugares donde te tratan con amabilidad sin importar tu clase social. Nunca me ha gustado jactarme del dinero de mis padres, prefiero que la gente se acerque por lo que soy. O, mejor dicho, por la parte de mí que podía mostrar.

Aparentemente, mis compañeros no frecuentaban ese sitio. Mejor para mí; no tenía interés de entablar relaciones sociales. Es menos complicado desaparecer de un lugar cuando no hay lazos afectivos de por medio.

Estaba agotado de formar conexiones con personas, solo para desaparecer de sus vidas sin dar explicaciones. Estaba en una etapa personal donde ya no quería pasar por eso. Así que, deliberadamente, elegía la soledad de manera constante.

Al llegar a casa, mi mamá me comunicó que tenía planeado viajar el fin de semana al pueblo de mis abuelos, y me preguntó si me gustaría ir con ella. Mi respuesta fue afirmativa. Quizás podría descubrir algo útil entre las pertenencias de mi abuela Cleo.

Empecé a emocionarme por el viaje; ella siempre había sido de gran ayuda en todo este proceso. Era afortunado de tenerla.

Esa noche no medité, no podía dejar de pensar en Isabelle. Había escuchado su nombre cuando la profesora pasó lista.

Para conocer más acerca de ella, tendría que buscarla en internet; no tenía otra alternativa. Como yo no tenía redes, le pedí a

Martín que me compartiera sus claves, no sin antes contarle que, por primera vez, me llamaba la atención alguien. No dudó ni un segundo en darme sus datos. Me dispuse a investigar, pero no entendía nada. Tuve que recurrir a Google para descubrir que Instagram era la red más popular y ver algunos tutoriales en YouTube para aprender a utilizarla. Qué desastre.

Cuando finalmente encontré el perfil de Instagram de Isa, me percaté de que lo tenía privado. Tuve que mandarle solicitud, con la esperanza de que me aceptara. Pasé una hora navegando sin que nada ocurriera, apagué mi notebook y me tiré en la cama.

CAPÍTULO 3

Esa mañana, antes de partir hacia la escuela, revisé el Instagram de Martín para ver si Isa había aceptado la solicitud de amistad. No lo había hecho. Un tanto decepcionado, me dirigí a la cocina para desayunar con mis padres. Decliné la oferta de mi mamá de llevarme a la escuela; prefería caminar, me tranquilizaba. En el trayecto, le envié un mensaje a Martín contándole que Isa todavía no había aceptado la solicitud y su respuesta fue una exigencia: quería que le escribiera cuando hubiera novedades.

En la primera hora, nos avisaron de la ausencia de uno de los profesores y, como no conocía el lugar, aproveché la oportunidad para explorarlo. Sin embargo, sospechaba que no llegaría a ver todo; era un edificio enorme.

Me encontraba en el segundo piso de la escuela cuando vi a Isa. Estaba sentada sola, con un libro entre las manos. «Es tan hermosa», pensé.

—Hola, ¿cómo estás? —pregunté, reuniendo el valor para acercarme. Levantó la mirada y nuestros ojos chocaron—. Perdón por la interrupción, pero, al verte leyendo, quería consultarte si conocés alguna biblioteca antigua. Algún sitio que tenga libros que ya nadie lee.

—Hola, chico nuevo. Buenos días —me respondió, y sentí cómo mi corazón amenazaba con salir de mi pecho—. Sí, conozco una que podría interesarte. Si querés, podemos ir mañana. Tengo que devolver unos libros que tomé prestados la semana pasada.

Isabella me estaba invitando a salir, ¡no podía creerlo! Un extraño sentimiento se apoderó de mí... ¿Ilusión? ¿Era eso lo que sentía? Respondí con un gesto afirmativo, me había quedado sin palabras, y me di media vuelta, para dejarla retomar su lectura en paz.

Mi día no podría ser arruinado por nada, mañana tendría una cita de nerds con la chica más linda de la escuela.

Al regresar a casa, mientras merendaba y miraba televisión, recibí un mensaje de Martín:

Martín:
Acaba de aceptar la solicitud.

Terminé de leer esas cinco palabras y corrí hacia mi habitación. Con los dedos temblorosos, encendí mi notebook y entré a su perfil.

Lo que descubrí ahí me rompió el corazón en veinte pedazos.

Isabella tenía muchísimas fotos en compañía de un chico lindo. En las descripciones de estas no había palabras, solo emoticones, y él no estaba etiquetado en ninguna de las publicaciones. Sí, aprendo rápido. Le escribí a Martín preguntándole qué significaba eso para él.

Martín:
Podría ser su novio, el mejor amigo,
un primo..., quién sabe.

Tan solo me había invitado a la biblioteca, no comprendía qué me pasaba ni de dónde provenían esas emociones. Por una invitación como esa no podía interpretar nada más que una simple amistad. Me sentía como un adolescente ingenuo.

Con el pecho desinflado, salí al patio de casa. Era noche de luna creciente. Siempre me había encantado admirar las distintas fases que aquel satélite natural regala. Sale cuando aún la luz del sol nos ilumina, sin pedir permiso y sin miedo a ser descubierta.

Hoy, más que nunca, necesitaba de su energía, así que me senté en el césped a admirarla.

Cerca de las ocho de la noche, mi papá llegó a casa y lo escuché llamarme desde el interior. Lo encontré sentado en la mesa de la cocina, lucía preocupado.

—¿Qué sucede? —pregunté.

—Nada, hijo, asuntos del trabajo. No te preocupes —respondió—. Hoy recibí una llamada de tu abuela, me comentó que está bastante enferma y creo que pronto deberé viajar a Italia. —Detecté algo raro en su voz, como si me estuviera ocultando algo.

—¿Te gustaría que te acompañe? —pregunté, aunque realmente no tenía intención de quedarme si él necesitaba mi apoyo.

—No, hijo. Antes debemos encargarnos de tu cambio, también estoy preocupado por vos. Y, además, tu madre me mataría si te llevo. No queda mucho tiempo, así que no. Ya resolveré lo de tu abuela de otra forma —intentó tranquilizarme.

—Está bien —respondí aún con duda—. Quiero preguntarte algo —agregué, sin saber si era adecuado hacerlo.

—Decime, hijo.

—¿Cómo reaccionaste cuando mamá te contó su historia? La de su familia.

—No lo tomé muy bien, de hecho, estuve a punto de regresar a Italia, pero la amo tanto que sabía que no podría aguantar ni un día sin ella. Me fui unos días de la casa, traté de ponerme en su lugar durante ese tiempo, y fue entonces cuando entendí lo difícil que debió de ser para ella contarme algo tan grande. Entonces, volví —expresó con sinceridad.

—¿Mamá ya estaba embarazada de mí cuando eso pasó? —pregunté, temiendo su respuesta.

—No, fue mucho tiempo antes. —Distinguí la ternura en el tono de su voz.

—Es bueno saberlo. Gracias, pa. —El alivio inundó mi ser.

—¿Por qué te preocupa eso? —interrogó con curiosidad.

—No lo sé. Algún día tendré que contarle la verdad a Martín y me asusta la idea de que se vaya de mi lado por haberle mentido por tantos años —confesé.

—Será difícil, pero, si realmente te quiere, te entenderá. Cuando uno ama a alguien y ese sentimiento es auténtico, uno puede perdonar.

Me levanté y abracé a mi papá, me pareció que hacía una década que no lo hacía.

De repente, volvió el mareo. Esa horrible sensación que terminaba en vómito y en transformación.

Mi papá me sostenía entre sus brazos, y en el reflejo de sus ojos pude ver la preocupación entrelazada con alivio. Había sucedido antes de tiempo. Me soltó con suavidad cuando el dolor de cabeza disminuyó.

—¿Estás listo? —me preguntó, con una sonrisa en su rostro. Caminó hacia la sala de estar y regresó con un espejo que sostenía contra su pecho.

Asentí. Colocó el espejo frente a mí y cuando me miré en él, lo entendí todo. Me había transformado en mi papá. Era la primera vez que me convertía en un miembro de mi familia. La emoción arrasó conmigo. Esto no estaba vinculado a mi cumpleaños.

Lo abracé de nuevo.

La puerta principal se abrió con un chasquido y ambos corrimos hacia la sala. Mi papá se adelantó y me hizo señas para que me escondiera.

Mi papá le pidió a mi mamá que se sentara, que tenía algo que mostrarle, y me llamó para que me uniera a ellos. Los ojos de mi mamá se llenaron de lágrimas cuando me vio, y saltó del sillón para abrazarme. Sentí que sus lágrimas empapaban mi mejilla.

No podíamos contener la felicidad.

Ahora debía concentrarme para volver a mi forma original, volver a ser yo. Cerré los ojos y puse mi mente en blanco.

Nada. Pasó una hora, y yo seguía sin poder cambiar. La preocupación comenzó a invadirnos. Nunca había durado tanto en otra forma.

Mamá se dirigió a la biblioteca y tomó uno de los libros de mi abuela al que casi conocía de memoria, pero necesitaba verificar algo. Empezó a recitar uno de los pasajes.

—Cuando una transformación ha perdurado por aproximadamente media hora y no es posible regresar, es vital reflexionar y aplicar nuestros conocimientos. ¿Por qué nos transformamos? ¿En qué momentos o circunstancias ocurre? ¿Es siempre la misma forma, ya sea objeto, persona o animal? Si tenemos estas respuestas en nuestra cabeza, junto con todo lo que hemos aprendido, podremos regresar a nuestra forma natural.

—No sé las respuestas a esas preguntas, mamá. Aún no tengo mi forma definida.

—Hijo, cuando te transformas, adoptas la apariencia de alguien que ya conoces —intentó tranquilizarme—. Todas las veces que cambiaste ha sido de nuestro círculo. Nunca te convertiste en una persona que no conocieras.

Como siempre, ella tenía razón.

—¿Y bajo qué circunstancias lo haces? —preguntó mi papá.

—No lo sé con certeza. Creo que sucede cuando estoy angustiado, nervioso o preocupado por alguno de ustedes. —Me encogí de hombros.

Mamá me miró con ternura y dijo:

—Bueno, tenemos las respuestas. Ahora solo necesitas concentrarte y podrás regresar.

Nos quedamos en silencio y una vez más comencé a meditar, tal y como había aprendido hacía años.

Tenía conmigo las herramientas necesarias para empezar a controlar mi poder. ¿Se le podía llamar así?

Pero después de lo que para mí parecieron horas, nada había cambiado. Seguía sin recuperar mi apariencia. Mi mamá continuaba releyendo los libros una y otra vez, mientras papá buscaba alguna respuesta por internet.

Finalmente, los dejé solos y me dirigí al patio a mirar la luna creciente. Le supliqué que con su energía me otorgara la fuerza y la sabiduría necesarias para reencontrarme con mi verdadero yo. Luego de un largo rato, les avisé a mis papás que intentaría dormir y me acosté en la cama tal como estaba.

Y, entonces, perdí la consciencia.

CAPÍTULO 4

Parpadeé un par de veces, tratando de ajustar mi visión. Ya no estaba en mi habitación, sino rodeado de la calidez que desprendían los árboles en un bosque floreciente. Senderos de tierra serpenteaban entre la vegetación este lugar desconocido. Sin embargo, no sentí temor; en cambio, empecé a explorar.

Caminé por entre las sombras de los árboles hasta encontrarme con una figura familiar: mi abuela, tan mágica y entrañable como siempre la recordaba. Me acerqué sin dudar, lleno del amor que le tenía. Le pregunté cómo se encontraba y, para mi sorpresa, me comentó que se sentía muy bien y contenta de que finalmente pudiera verla.

—Te he visitado tantas noches, mi niño, pero no podías enfocarte en tu magia hasta ahora. Es un camino difícil, pero sé que lo lograrás.

—No estoy muy seguro de eso —le contesté apenado—. Estoy a pocos días de mi límite de edad y todavía no sé controlar mi poder.

—Thomas —comenzó, sus ojos brillando con ternura—. No debes ver esto como una carga, y mucho menos como un poder. Es un don. Algo que nació con vos y que te hará ser un hombre maravilloso, ya verás. Estoy muy orgullosa de ti.

—No merezco tanto, abuela.

—Sí, lo mereces, créeme. Cuida a tu mamá y usa tu don con sabiduría. Llegará el día en el que debas proteger a los tuyos con tu magia. Te quiero —se despidió.

Me desperté de golpe, empapado de sudor. La oscuridad de mi habitación me envolvía de nuevo. ¿Qué significaban todas esas palabras de mi abuela?

Observé mis manos, y ya no eran las de mi papá. Eran viejas, arrugadas, marcadas por la historia en ellas. Corrí al baño, miré lo que reflejaba el espejo y mi sorpresa fue enorme al encontrarme con mi abuela devolviéndome la mirada.

Quería llorar, pero me contuve. No quería que mi mamá me viera así, y sabía que no había nada que pudiera hacer en ese momento.

El cansancio le ganó a la sorpresa y al miedo y me tiré en la cama, cayendo en un sueño profundo.

Al despertar, me sentía agotado, como si no hubiera logrado conciliar el sueño, lo que tenía cierto sentido. Me había transformado por tercera vez en menos de un día y ahora la persona que me devolvía la mirada en el espejo era mi mamá. Bajé las escaleras. Por la hora supe que mis padres no me levantaron para ir a la escuela. Al llegar a la cocina, encontré una nota en la heladera.

Ahora que te pareces a mí, podrías prepararte el desayuno. No te despertamos porque imaginamos que no tuviste un día fácil. Descansa. Te amamos.

Esa mañana me tomé el tiempo para preparar un almuerzo como nunca antes. Noté algo que había pasado por alto en mis transformaciones anteriores: había adquirido la destreza para cocinar de mi mamá y que también era un genio en matemáticas después de convertirme en Esteban, el padre de Martín.

De ser así, ojalá pudiera adquirir la inteligencia de mi papá para los negocios. Eso sería muy beneficioso. Comencé a reírme; esta nueva información me ponía contento. También deseaba con todo mi corazón obtener la sabiduría de mi abuela, además de su habilidad con las palabras, una virtud que la hacía tan querida y especial.

La alegría se esfumó al recordar que había dejado plantada a Isabelle. Iba a tener que mentirle, algo que no se me daba bien, menos cara a cara, pero no tenía otra opción.

Las horas pasaron y seguía viéndome como mi mamá. ¿Cuándo volvería a ser yo? No tenía idea.

Golpearon la puerta y al ver por la mirilla me encontré con la imagen de Isa. Sentí que el alma se me caía del cuerpo. ¿Qué hacía ella en mi casa?, ¿cómo sabía adónde vivía? Volvió a tocar el timbre, esta vez con insistencia. Me sobresalté, me alejé de la puerta e hice como si nada estuviera pasando. Esperé que se cansara, pero eso no sucedió.

—Vamos, Thomas. Abrí la puerta, quedamos en ir a la biblioteca —insistió, volviendo a tocar el timbre.

—Hola, buenas tardes. —Abrí la puerta principal al darme cuenta de que no iba a rendirse. No me quedó otra opción más que enfrentarla, todavía con la apariencia de mi mamá.

—Hola, señora, Buenas tardes. Soy Isabelle, compañera de Thomas —respondió con simpatía—. Perdón por molestar, es que Thomas y yo teníamos planes, pero no apareció en la escuela y decidí venir a ver si estaba bien.

—Está bien, no hay problema. Pensé que Thomas no había hecho amigos y por eso no me comuniqué con nadie —mentí—. No fue a la escuela porque se siente descompuesto y, de hecho, ahora mismo está durmiendo porque no pudo pegar un ojo en toda la noche.

Su mirada se volvió tan penetrante que me hizo dudar. No había forma de que se diera cuenta de que era yo... Claro que no podría.

—Ah, bueno, qué mal. ¿Le puede decir que pasé a verlo? —preguntó, y yo asentí—. Espero que se recupere pronto.

—Se lo haré saber —le confirmé—. Te agradezco la preocupación.

Dios mío, el mareo regresó, y eso significaba una sola cosa: estaba a punto de cambiar y necesitaba hacer algo para que Isabelle se fuera rápido.

—Por cierto, lindo atuendo. —Me guiñó un ojo y se alejó.

Bueno, ya era necesario hacer algo para que se fuera. Aproveché y cerré la puerta sin siquiera despedirla. El dolor intenso me retorció hasta que volví a ser yo. El alivio me envolvió, había vuelto a mi forma original.

Corrí hacia el espejo para ver qué cambio había sufrido y descubrí que uno de mis ojos pasó de celeste a marrón café. A través del cristal vi mi rostro sonriente. Podría decir que era la primera vez que me sentía feliz después de cambiar.

«Por cierto, lindo atuendo». Reflexioné sobre sus palabras y no tardé en darme cuenta de lo que había querido decir. Empecé a reírme. Estaba llevando la misma ropa del día anterior, tenía puesto el uniforme de la escuela. Isabelle había visto a mi mamá vistiendo el uniforme escolar.

Aproveché que tenía la casa para mí y me di una ducha larga con agua bien caliente, me puse el pijama y bajé a la cocina.

Había logrado transformarme en tres personas en menos de un día y aún tenía dieciséis años.

Ahora, más que nunca, sentía la necesidad de practicar y expandir mis habilidades.

No quería volver a la escuela; anhelaba viajar y explorar los lugares que mi abuela había marcado en sus libros. Sentía que sería lo mejor para mí en este momento. Quería conocer a más personas como yo, aunque era consciente de que existen personas malintencionadas en todas partes. También sabía que debía entrenar y prepararme para defender a mi familia en el caso de ser necesario.

Por la noche, mis padres llegaron juntos del trabajo. Tenían un bufete de abogados y trabajaban en equipo; eran muy buenos en lo que hacían. Eso sí, mi mamá no solo era abogada, también era arquitecta y, como mencioné antes, una chef de primera categoría. Creo que si hubiera heredado la magia, hubiese sido una bruja brillante.

Durante la cena, conversamos acerca de cómo había ido nuestro día. Aproveché para compartirles que no solo adoptaba la forma de una persona, sino que también adquiría sus habilidades. Mi mamá, sorprendida, dijo que no había encontrado nada en los libros de la abuela de que eso fuera posible. Sugirió que quizá yo fuera el primer miembro de nuestra familia en desarrollar esa habilidad. Eso me emocionó un poco, sentirme único y especial de algún modo.

Estaba en casa con un comedor amplio. Las paredes estaban adornadas con fotografías de personas que nunca había visto en mi vida. Retratos de niños, de hombres y mujeres; algunas caras me resultaban vagamente familiares. Todas las fotos eran muy antiguas, se notaba por el color sepia que las teñía.

—¿Qué estás buscando? —me preguntó una voz detrás de mí.

Giré sorprendido. Era una mujer, pero no lograba verla bien. Aunque estaba prácticamente enfrente de mí, no podía distinguir su rostro. Lo único que podía distinguir con certeza era que su vestimenta era oscura y que emanaba un aura que me inquietaba.

—Pido disculpas por mi intromisión. No sé qué hago acá y tampoco sé quiénes son todas estas personas —balbuceé.

—¿Eres Thomas? —preguntó la mujer, y ante mi asentimiento esbozó una sonrisa. No era una sonrisa precisamente cálida o agradable—. Este es el lugar al que perteneces.

—Yo no pertenezco acá —contesté con firmeza—. ¿Por qué estás en mi sueño?

—Aún no has aprendido a proteger tus sueños de manera adecuada, son fácilmente penetrables. Y estoy aquí porque puedo ayudarte a controlar tu poder. Sé que eso es lo que quieres y necesitas, Thomas.

—¿Cómo sabes tanto? —dudé—. ¿Y dónde estamos?

—En España. Seguro tu abuela escribió acerca de nosotros.

—¿De ustedes?

—Sí, por supuesto. Nosotros también podemos controlar los elementos. Existen muchos tipos de magia y no todos pueden hacer lo que tú puedes.

—Ya sé que hay muchos como yo —respondí tajante.

—No, no. Eso era antes. Recuerda que se están extinguiendo —replicó, su sonrisa no desaparecía de su rostro—. Deberías tener cuidado, hay muchos que te buscan. Encuéntranos en Sevilla. Nosotros podemos ayudarte a manejar todo lo que llevas dentro.

—¿En Sevilla? No entiendo... —Mi abuela era oriunda de esa ciudad.

—Tu abuela fue una gran hechicera, lamentamos mucho su fallecimiento. Ella te protege, pero, al cumplir los diecisiete, eso no será suficiente.

—Sigo sin entender nada de lo que me decís y me cansa tanto misterio —exclamé exasperado.

—Tengo que irme —respondió como si no me hubiese escuchado, y agregó—: Recuerda que tu poder va a crecer y tienes que controlarlo o él te controlará a ti.

Sin decir más, desapareció y me encontré de nuevo en mi cuarto, todo transpirado y con una sensación horrible en el pecho. Intenté volver a dormirme.

¿Quién era esa mujer? ¿Cómo conocía a mi abuela? ¿Por qué quería verme y llevarme con ella?

Debía ir, pasar por la ciudad de mi abuela y tratar de buscar en su casa algo que me diera una señal de cómo debía continuar mi vida. Buscar las respuestas a las incógnitas que este sueño había creado.

Logré encontrar la calma con la meditación, no podía permitir otro cambio. Busqué el sueño y me perdí en él como si nada hubiese pasado.

CAPÍTULO 5

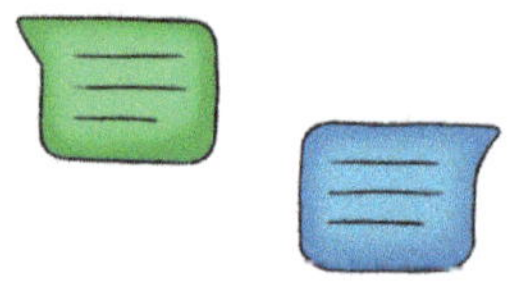

Los días transcurrieron, en el colegio todo pasaba con normalidad. Solo que Isa no volvió a sentarse en el banco que se encontraba al lado del mío. Ni siquiera me preguntó cómo me encontraba y yo no me animé a hablarle. No sabía cómo tomar su actitud y tampoco cómo pedirle disculpas.

El viernes, al salir de clases, tomé el valor para acercarme y preguntarle si quería ir a tomar algo conmigo, y me respondió que sí. Nos dirigimos al restaurante de mala muerte y, para mi sorpresa, a ella le gustaba.

—¿Estás mejor? —me preguntó, refiriéndose a mi salud.

—Sí, por suerte. Gracias por preguntar. Mi mamá me dijo que fuiste a verme. Siento mucho no haber podido ir con vos a la biblioteca —proseguí apenado.

—No importa, tendremos tiempo —contestó con una sonrisa en el rostro—. Igual tu mamá es rara, ¿verdad?

—¿Por qué lo decís? —pregunté entre risas. Estaba nervioso y debía tranquilizarme. Temía sufrir otro cambio.

—Porque, cuando fui a buscarte, ella tenía puesto el uniforme de la escuela.

No pude evitar escupir la gaseosa. Ahora ella se empezó a reír de mí. Y el corazón me comenzó a palpitar fuerte.

—Ah, eso… —Intenté encontrar una excusa aceptable—. Es p-porque estábamos jugando a cambiar los r-roles —tartamudeé.

—Entonces —hizo una pausa—, me parece a mí o ¿no estabas tan enfermo? —Su semblante cambió de uno divertido a uno serio.

—La verdad es que la noche anterior me sentía muy descompuesto, calculo que comí algo que me hizo mal y no pude dormir. Entonces quise quedarme en casa a descansar —confesé una verdad a medias.

—Ah, bueno…

Estaba seguro de que no me creía ni un poco.

—¿A la noche vas a hacer algo? —intenté cambiar de tema.

—Sí, hay una fiesta en la casa de Cristian. Es una de inauguración por el último año de escuela, ¿querés ir?

—Ah, mirá, qué genial —contesté—. Igual nadie me invitó.

—Yo te invito —respondió, y me sonrió de costado.

—Voy a ver qué puedo hacer —dije al recordar mis planes—. Mañana salgo de viaje con mi mamá. Tengo que armar la maleta y ver qué falta.

—Qué niño responsable. ¿Adónde van?

—A Cerro Colorado. Mi abuela materna vivió muchos años ahí y mi mamá quiere cambiar algunas cosas para vender la casa, no sabe muy bien qué hacer con ella —expresé.

—Qué lindo. A mí me gusta mucho viajar. Es tan inspirador y revelador, ¿no lo creés?

Comencé a sentirme incómodo y no sabía por qué.

—Yo también amo viajar.

—¿Y van solos o tu papá también? ¿Tenés hermanos? —preguntó con curiosidad.

—No, soy hijo único. ¿Vos?

—Yo también soy hija única.

—Aburrido, ¿no?

—Bastante —respondió entre risas.

Terminamos la gaseosa, pagamos y salimos afuera. Ya rondaban las siete de la tarde. Le pregunté si quería que la acompañara a su casa y me dijo que estaba en dirección contraria a la mía, que no hacía falta. Caminamos un poco hasta que tocó despedirnos, pero antes me pidió mi número de teléfono. Le avisé que no usaba redes, solo WhatsApp, y que no entendía mucho del tema, a lo que me contestó que era friki mientras sonreía.

Mis papás se encontraban frente a la televisión cuando llegué a casa. Los saludé y subí a mi cuarto para darme una ducha. Cuando salí, tomé mi celular. Tenía un mensaje.

Isabelle:
Hola, Thomas. Soy Isa. Este es mi número; agendalo.

Vamos a la fiesta.

La agendé y me fijé en que tenía una foto de ella con sus amigas en su perfil.

Thomas:
Vamos al cerro.

No sé por qué la estaba invitando, a lo mejor era en modo de respuesta a lo de esa fiesta a la que claramente no iría.

Isabelle:
Me encantaría, pero no creo que mis papás me dejen ir. No te conocen.

Seguido a eso me envió la dirección de la casa de Cristian. Vivía a tan solo cuatro cuadras de mi casa.

Me senté en la cama y le mandé un mensaje a Martín contándole lo de la fiesta.

¿Para qué le escribí? Me maldije. Ahora tenía una indecisión que era peor que antes.

Lo medité. Me cambié y me puse un jean junto a una remera negra, con el buzo de NY que había comprado el año pasado. No sé si estaba bien vestido para una fiesta, pero qué más daba. Me había decidido, así que le escribí.

Aproveché que mi papá estaba en casa y le pedí que me llevara. Me dejó frente a la casa de Cristian, y ahí estaba ella, esperándome. Hermosa, como siempre. No importaba lo que se pusiera porque, para mí, todo le quedaba bien.

—Llamame o mandame un mensaje cuando quieras que te pase a buscar —me dijo mi papá mientras bajaba del auto.

—Gracias, pa. —Lo saludé con la mano y esperé a que se marchara.

Ya sabía cómo volver. Era muy probable que regresara solo. Total, vivía a dos pasos.

Me acerqué a Isa, quien me abrazó, algo que me tomó por sorpresa. A su lado había otra chica.

—Al fin llegaste —me saludó—. Ella es Carla, mi mejor amiga —me la presentó.

—Hola, Thomas. Un gusto —me saludó la chica de ojos verdes.

—Hola, Carla —le contesté—. Bueno, ¿entramos?

Nos adentramos en la casa de dos pisos que teníamos enfrente, era grande. Noté que se encontraban todos los compañeros que había visto en el colegio. La música estaba fuerte, había muchos cuerpos moviéndose y la bebida junto al porro no faltaban. Yo no bebía ni fumaba, así que le avisé a Isa que me iba al patio un rato. Recién llegaba y ya me quería ir; me arrepentía de haber salido de casa. En el patio me encontré con que había uno que otro chico, así que me senté en uno de los escalones de la pileta donde no llegaba el agua.

No tardé mucho en llegar a la conclusión de que era mejor regresar a casa; me esperaba un largo día apenas amaneciera.

Salí por detrás de la casa y me encaminé a la mía. Apenas llegué, desbloqueé la pantalla de mi celular y le envié un mensaje a Isa.

Thomas

Perdón por no despedirme. Decidí volverme antes, pero no te encontré. Ya estoy en casa. Saludos.

Mentí.

Isabelle:

No hay problema. Espero que hayas pasado un buen rato. No sueñes mucho. Saludos.

Me sentí incómodo al leerlo ese mensaje. ¿Qué me quiso decir?

CAPÍTULO 6

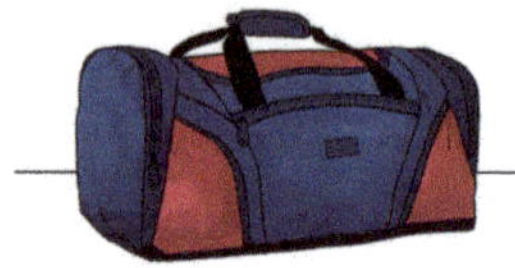

Fueron pocas las horas que dormí esa noche. Me levanté apenas sonó la alarma, me di una ducha y armé una mochila con elementos esenciales. Al terminar, bajé para ayudar a mi mamá a preparar lo que restaba. Mi papá ya se había ido al trabajo, él se quedaba.

Gracias a que mi madre tenía un don excepcional para elegir música, el viaje fue hermoso. El paisaje de las sierras cordobesas fue inolvidable. Además, la ruta que habíamos tomado se encontraba en excelente estado, así que el camino se hizo más ligero mientras a nuestro alrededor las montañas nos abrazaban con su belleza. También nos acompañaba un hermoso cielo de verano, y en el horizonte se podía ver cómo las nubes golpeaban el camino, como si nos esperasen. Realmente la naturaleza es mágica. Me perdía mucho en el paisaje, en los lagos que nos rodeaban. Aproveché para sacar muchas fotos.

En un poco más de dos horas ya estábamos en la casa de mi abuela. Mis papás le pagaban a una señora para que la cuidara y mantuviera la vivienda en magníficas condiciones. El terreno era enorme y el patio daba a las montañas, una vista imperdible.

Subí al primer piso; ahí se encontraba la biblioteca. Juro que no podía creer la cantidad de libros que había en el lugar. No lograría leerlos todos, así que consideré mis posibilidades. Era mejor ojear por encima. Después de un rato fui hacia el comedor, donde mi mamá estaba sentada con su iPad.

Elegí varios libros y comencé a ojearlos, a ver que podía encontrar, y ahí entre las páginas de uno de ellos se hallaba una fotografía. Dos mujeres: una era mi abuela Cleo, y la otra, la mujer misteriosa que vino a verme en los sueños. Di vuelta la foto. Sevilla, 1987; fue tomada hace muchos años. Pero no había más información que eso.

Una cosa sí era segura, esta mujer tenía la magia para manipular los sueños.

Bajé, para mostrarle a mamá mi descubrimiento

—Mamá —la interrumpí—, quiero mostrarte algo.

—Sí, hijo —contestó, curiosa de lo que podría salir de mi boca.

—En estos días he tenido unos sueños muy extraños. En ellos estaba la abuela y también una mujer que no conozco, la mujer que está en esta foto. —No quise entrar en tantos detalles, por lo que continué—: En los libros que leíste, ¿no se habla de los sueños?

—No la reconozco. —Se sacó los lentes—. Pero sí, el libro relata sobre un don con el que la gente puede meterse en la cabeza de otras personas con magia. ¿Esos sueños te han dejado preocupado?

—No, mamá. Es solo curiosidad —mentí—. Debo leer con más detalle los libros de la abuela. —Cambié el tema de conversación—: Quiero centrarme en vos, a ver si puedo cambiar por voluntad propia, ¿puedo?

—¿Querés que intentemos ahora? Rosita no vendrá hasta mañana.

Asentí y me senté frente a ella. Ambos cerramos los ojos. Empecé a pensar en Isa, en lo hermosa que era y en cómo no tendría nunca el valor de decirle de mi don, ni a Martín, ni a nadie. El nerviosismo y la angustia llegaron, y empecé a sudar.

El mareo fue inminente, sentí que la cabeza me iba a estallar y las manos las tenía empapadas. Pensé en mi papá.

Abrí los ojos, mi mamá me miraba con una sonrisa.

—Excelente, hijo —dijo con orgullo, y se rio—. Tendríamos que buscar información sobre el atuendo, no es muy apropiado que siempre que te conviertas tu vestimenta sea la tuya.

—Mejor vamos por partes —me reí. Volví a cerrar los ojos y me puse a meditar. Busqué centrarme en mí mismo. Quería volver a ser yo, así que intenté enviarle a mi cerebro esa información. El mareo regresó y, en un abrir y cerrar de ojos, estaba de regreso.

Cerré los ojos de nuevo y los brazos de mi mamá me envolvieron. Estaba perfeccionándome, y eso era gracias a que comencé a prestar atención a lo que me pasaba a mí más a lo que pasaba en mi entorno. Mis papás tenían razón.

Me tiré en el sillón, el cansancio me golpeó. Mi don me agotaba más de lo normal al no saber dominarlo. Tenía que ver lo del mareo y el dolor de cabeza. Llegado el momento de dominarlo, iba a saber si eso se iba o era permanente.

Aproveché para agarrar mi celular y mandarle un mensaje a Martín, para charlar un rato mientras esperaba que mi mamá terminara de preparar el almuerzo. Mientras me escribía con mi mejor amigo, me llegó un mensaje de Isa.

Isabelle:
¡Hola, *freak*! ¿Cómo va todo?

Thomas:
¡Hey! Todo bien, a punto de comer y quizás luego dé una vuelta. ¿Qué tal la fiesta?

¡¿Qué?! Casi se me cayó el teléfono de las manos y se estampó contra mi cara, pero por suerte evité la caída. Era cierto que la había invitado, pero no pensé que se lo hubiera tomado en serio.

Me levanté y fui hasta la cocina para contarle a mi mamá que vendría una compañera de la escuela, y como comenzó a mirarme con mala cara, le tuve que explicar gran parte de la historia. Habíamos quedado en que este fin de semana iba a ser para practicar e investigar, pero por lo visto no iba a suceder.

En el almuerzo le mandé la ubicación a Isa; no era difícil llegar.

Dos horas más tarde, tocaron la bocina. Salimos de la casa para encontrarnos con ella y sus papás.

—Buenas tardes, mi nombre es Cristina y soy la mamá de Thomas. Es un placer conocerlos —dijo mi madre mientras le tendía la mano a los padres de Isa, quienes le devolvieron el gesto.

—Buenas tardes, Cristina. Mi nombre es Josefina y soy la mamá de Isabelle —se presentó—. Y él es mi marido, Alberto —prosiguió mientras señalaba a su esposo—. Isa nos contó que se hizo muy amiga de su hijo y que él la había invitado a pasar el fin de semana con ustedes.

—Sí, él también me lo comentó. Pensamos que no vendría. Es un gusto para nosotros recibirla. Mañana la llevamos a su casa.

Acompañé a Isa adentro mientras ellos charlaban y la llevé a uno de los cuartos de invitados, así podía dejar su mochila. Luego bajamos para encontrarnos con mi mamá en el comedor. Ella le preguntó si quería algo de comer, pero Isa le respondió que ya había almorzado y que no se preocupara.

Fuimos a caminar con Isa. Mi madre nos avisó que nos alcanzaría, aunque sabía que lo decía por cortesía, no porque tuviera intenciones de ir tras nosotros. Mientras caminábamos hacia la montaña, charlamos un poco. Cada momento que pasaba, la conocía más y más, y cada vez quería estar más cerca de ella.

Llegamos a un extremo del camino y nos sentamos a descansar, para admirar la naturaleza. La vista era increíble y el lugar poseía una tranquilidad inigualable. Podía respirar el aire que pocas veces tuve la dicha de disfrutar.

—Gracias por invitarme. ¿En serio pensaste que no iba a venir? —preguntó.

—Te juro que no pensé que me habías tomado en serio —confesé.

—Yo siempre te tomo en serio —expresó mientras admiraba el paisaje—. Tu mamá es hermosa, me parece que no se acordaba de mí.

Había olvidado por completo decirle a mamá que Isa «ya la conocía».

—Sí, gracias —contesté con orgullo—. Ella es hermosa y excelente en todo lo que hace. No creo que sea eso, pero está con muchas cosas en la cabeza. Seguro que sí te recuerda. ¿Qué tal la fiesta? —Intenté cambiar de tema.

—Bien, me fui un rato después que vos. Ya no tenía mucho por hacer. —Giré la cabeza para verla y me encontré con sus ojos. Noté cómo el poco viento que había le revoloteaba su hermoso pelo.

—Hay algo diferente en tus ojos, algo que no noté antes. ¿Tenés heterocromía? —Frunció el ceño.

—A lo mejor no me miraste bien —contesté.

Tenía su rostro cerca del mío, tan cerca que podía contarle las pintas de sus ojos. Quedé hipnotizado, hasta que salí de mi trance cuando ella habló.

—¡Guau, son hermosos! ¿Cómo es que no me di cuenta antes? Creeme que te observo bastante, y no porque sos el nuevo. Aun así, siento que ocultás algo —intentaba descifrarme.

—No te oculto nada. En serio —mentí riendo con nerviosismo—. Deberíamos volver antes de que se nos pierda el sol y nos quedemos sin luz.

CAPÍTULO 7

En el trayecto a la casa de mi abuela, Isa comenzó a hacerme preguntas. Omití varias partes de mi historia, a excepción de Martín; le conté todo sobre él, sobre cómo seguíamos siendo amigos a pesar de la distancia.

Al llegar, nos encontramos con que mi mamá estaba esperándonos con un café en la cocina. Nos preguntó qué queríamos comer, ya que tenía pensado ir al pueblo para hacer algunas compras y quería aprovechar el viaje. Acordamos que teníamos ganas de lomito casero y que la pondríamos a trabajar. Ella era una excelente cocinera, así que aceptó feliz.

Una vez más, nos quedamos solos. Puse una película de fondo. Estaba un poco nervioso, tenía miedo de cambiar. Busqué la excusa de querer agua para levantarme. No estaba acostumbrado a estar con una chica, mucho menos con una que me gustase.

Cuando cerré la heladera y giré para buscar el vaso, me topé con Isa. Se encontraba detrás de mí.

—¡Dios, qué susto! —exclamé, llevándome las manos al pecho.

—¿Tan mal me veo?

—No, no te ves mal —admití—. Solo me asusté, no te escuché llegar...

—Soy bastante silenciosa. ¿Por qué estás sudando?

«¿Qué demonios?».

—N-no lo sé —tartamudeé—. Hace un poco de calor. Iré a revisar el aire acondicionado.

—¿Me estás esquivando, Thomas? —Me tomó de la mano. Al sentir su contacto físico, algo en mi interior comenzó a cambiar. Mis manos se empaparon de sudor provocado por el nerviosismo. «Esto no está bien», pensé.

—No te esquivo. Es que nunca antes estuve a solas con una chica y no quiero hacer algo que te incomode —traté de sonar tranquilo.

—No me incomodás. Al contrario, siento que soy yo quien te hace pasar un mal momento —contestó con un tono dulce. Me pareció que estaba coqueteando conmigo.

—No lo hacés, de verdad que no —dije, acercándome. Sentía una atracción tan grande por ella que ten muchas ganas de besarla, pero algo no iba a bien. Hasta que… —. ¿Quién sos?

—¿Cómo que quién soy? ¿Estás bien? —Frunció el ceño.

—La verdad es que no, no me siento bien.

—Si no aprendés a concentrarte, nunca lo vas a lograr.

—¿Lograr qué? —pregunté antes de que mi cuerpo se debilitara.

En un abrir y cerrar de ojos, me encontré desplomado en el piso. Al abrirlos de nuevo, vi el rostro preocupado de Isa. Estaba a mi lado, intentando despertarme.

—¿Qué pasó? —pregunté. Me sentía atolondrado.

—No sé, te desmayaste unos segundos. —Me ayudó a incorporarme—. Dijiste que ibas a buscar agua y te caíste. ¿Te sentís bien?

—Sí, estoy bien. Perdón, tal vez se me bajó la presión. —Me apoyé contra el sillón para tenerlo como apoyo y así poder levantarme, pero opté por sentarme en él.

¿Qué fue todo esto? ¿Qué estaba pasando conmigo? No lo sabía, pero ella estaba en mi cabeza y no parecía tan tierna como la veía ahora. Parecía tan real…

—Estás pálido. Voy a traerte agua. ¿Querés que llamemos a tu mamá?

—No, no te preocupes. Ya me siento mejor, en serio. Además, no quiero asustarla.

—Acá tenés. —Me tendió un vaso con agua—. Me asustaste, *freak.*

—Perdón.

Nuestras miradas volvieron a chocar y acerqué mi mano hacia la suya. Esta vez se sintió hermoso y me llenó por dentro con algo nuevo.

—Te perdono, pero solo si vemos alguna película de Johnny Depp.

Con esa mirada no podía negarme, menos aún con la sonrisa que me regaló.

Mamá llegó del pueblo una hora más tarde y se puso a cocinar. Nunca nos molestó. Incluso nos llevó la comida hasta el comedor. Cuando le preguntamos por qué no trajo su plato nos comentó que comería arriba porque tenía mucho trabajo que hacer, así que nos volvió a dejar solos.

Al finalizar la película, Isa y yo seleccionamos otra donde actuaba el mismo actor. Al concluir, salimos al patio para disfrutar la noche estrellada que nos ofrecía la naturaleza. Se puso una manta sobre los hombros porque hacía un poco de frío.

—¿Extrañás a tu amigo?

—La verdad es que sí. Ya hace muchos años que no lo veo y, aun así, el cariño es siempre el mismo. Es mi compañero más fiel. Me enseñó que la distancia no es impedimento para los lazos.

—A veces hablás como un adulto, no como un adolescente —afirmó entre risas—. Sos un alma vieja.

—¿Eso está mal? —No pude evitar reírme con su ocurrencia.

—No lo sé, depende de cada persona. Yo solo sé que es interesante. Te hace diferente al resto y me encanta eso. Me alegra mucho de no haberme equivocado.

—¿En qué?

—En querer conocerte. A veces uno invierte tiempo en gente que no sabe el valor de eso. Se estanca regalando parte de su vida a personas que no quieren más que satisfacer su ego.

—¿Ya te pasó con alguien? —Despegué mi vista de las estrellas y me enfoqué en su perfil. Vaya, sí que era hermosa.

—Sí, claro. Porque sé querer sin importar en cuantas partes me vayan a romper. Porque el amor es entrega, Thomas. Por eso prefiero y quiero seguir conociéndote. ¿Qué le pasó a tu abuela? —indagó, y posó su mirada en mí—. Tu mamá parece joven; por lo tanto, ella también lo debe haber sido al morir.

—Tenía sesenta y cinco años cuando murió de cáncer. Todo pasó muy rápido. Mi mamá sufrió mucho y yo apenas tenía siete años. Ella me cuidó desde que nací, me enseñó muchas cosas. Me habría encantado que Dios me la dejara un poco más aunque sea.

—Era una mujer muy sabia, ¿no?

—¿Cómo lo dedujiste?

—No sé, creo que por vos.

—Ojalá me pareciera en algo a ella. Mi mamá dice que tengo su manía al limpiar, que tengo su mirada perdida pensando en vaya a saber qué. Yo quiero que ella se sienta orgullosa de mí, de la persona en la que me convierto todos los días.

—Estoy segura de que así se siente, y quizás tenés más de ella de lo que creés.

Esa frase quedó en el aire porque escuchamos un ruido detrás de los arbustos que separaban el patio con el comienzo de la montaña. No vimos nada, pero entramos asustados a la casa. Cada uno fue a su cuarto; ya era demasiado tarde y al día siguiente debíamos regresar.

—Que tengas dulces sueños, *freak*. —Isa cerró la puerta detrás de ella.

¿Por qué usaba esas palabras? No lo sabía, pero había algo que me hacía sentir que ella también me escondía algo. Era tan misteriosa, tan incierta… Pero eso también me gustaba. Era alguien que se escondía en las sombras. Yo quería sacarla de ahí, y lo iba a lograr.

En vez de ir a mi habitación, fui a la biblioteca y tomé un libro de lomo violeta. Estaba lleno de anotaciones de mi abuela. El mundo de la magia era enorme; seguramente me llevaría muchos años descubrirlo completo. Me detuve en una parte donde se narraba la historia de los cambiaformas y descubrí que, como todo, había un bando bueno y otro malo. Porque el mundo de la magia no es la excepción para los que eligen obrar bien o mal. Pero no o había nada relacionado con la adopción de los poderes o dones de las personas en las que nos transformamos. De hecho, creía que mi mamá tenía razón: que yo era el primero en hacerlo o, por lo menos, hasta el momento.

«Deberías tener cuidado, ahí afuera hay muchos que quieren tenerte».

No sé quiénes eran los que me buscaban, pero creo que me tranquilizaba saber que si mi abuela no había escrito nada de esto, nadie pudo haberlo descubierto. A menos que ella haya evitado escribirlo, esa era otra opción.

Seguí con mi lectura y encontré algo que me llamó la atención. Hablaba sobre aquellas personas que pueden controlar los sueños;

es decir, los suyos y los de otros. Mi abuela había subrayado varias partes de esa hoja, hizo hincapié en lo peligrosas que eran. Venían de familias antiguas y su poder con la magia era imparable.

Di vuelta la página y me encontré con que estaba arrancada. Mierda, ¿por qué mi abuela había sacado una página de su libro? ¿Había algo que no quería que supiéramos?

Revisé otros libros, pero continuaba sin encontrar la página faltante. Me quedé con el libro porque creía que contenía información que necesitaba tener en casa.

Regresé a mi habitación a pesar de que se me había ido el sueño, y al cerrar la puerta me llegó una notificación. Agarré el celular y al desbloquearlo me encontré con un mensaje.

Isabelle:
¿No podés dormir?

No sabía si contestarle o no; quería ponerme a meditar y tratar de cambiar, de practicar.

Alguien golpeó mi puerta.

—¿Thomas? —susurraron del otro lado.

Abrí la puerta con nerviosismo y me hice a un lado, indicando que podía pasar.

—Permiso. Perdón, es que no podía dormirme y justo escuché unos pasos en el pasillo. —Se adentró en mi habitación y se sentó en mi cama.

—Sí, eran míos. Yo tampoco podía dormir y fui a la biblioteca para leer un poco.

—Lo sé. Menos mal que te encontré despierto. Ya me cansé de dar vueltas en la cama.

Desde mi posición podía oler su perfume importado y ver que su pelo brillaba a causa de la luz de la luna que entraba por la ventana.

Tenía algo que me volvía loco. Se me quedó mirando y no pude evitar acercarme con lentitud. Al llegar a la cama y encontrarnos frente a frente, me agaché de a poco y agarré su cara entre mis manos a la vez que ella posaba las suyas en mi cintura. Sin pensarlo más, la besé.

Leí una vez que un beso puede no significar nada o puede cambiarlo todo. Y, para mí, ese beso fue como renacer.

Fui empujándonos contra la cama para poder colocarme encima de ella sin despegar nuestros labios. Quería tener todo de ella. «Es perfecta», pensaba. No podía parar de besarla y mi corazón latía con más fuerza a cada segundo que pasaba. Estaba por cambiar. Lo sabía, lo sentía, pero no había mareo, ni vómito, ni migraña. Quería ignorarlo, pero no podía arriesgarme. La solté y me alejé; respirábamos con dificultad. Intenté tranquilizarme.

—¿Qué escondés, Thomas? ¿Por qué me alejás constantemente? —Trató de continuar el beso.

—¿A qué viene esa pregunta?

—Estás por cambiar, Thomas, lo sé. Estás intentando dominar tu poder —expresó con orgullo.

—No es un poder, es un don, y te pido que dejes de molestarme.

Apreté los ojos con fuerza y me desperté. Me encontraba recostado en uno de los sillones, con el libro de mi abuela en el piso. Me había quedado dormido, pero no podía recordar en qué momento fue. Nunca había regresado a mi habitación, fue todo un sueño. Sin embargo, una inquietud creciente se instalaba en mi pecho: tenía que enfrentar a Isa. Después de todo, me había dado cuenta de que era una bruja y tenía la habilidad de manipular mis sueños.

CAPÍTULO 8

El sol se filtraba por la rendija de mi ventana. Hacía apenas unos minutos que había despertado, pero la flojera me retenía en la cama. Estaba confundido, necesitaba hablar con Isa. Si mis sospechas no estaban erradas, estaba a punto de revelar el secreto que había mantenido oculto durante años.

Al bajar, me encontré a mi mamá en la cocina. Me uní a ella en la preparación del desayuno.

—Mamá, no quiero alarmarte, pero creo que Isa es una bruja —susurré cerca de su oído.

—¿Qué? —Se volvió hacia mí, con el ceño marcado por la incredulidad.

—No lo tengo claro, pero sospecho que puede entrar en mi cabeza. Mis sueños se han vuelto un caos, me confunden aún más. Ayer, en un par de ocasiones, la vi muy cerca, haciendo comentarios que no comprendía, y cuando desperté... No lo sé, mamá, estoy desconcertado —confesé.

—Hijo, si es como decís, debe irse de casa inmediatamente —advirtió con gravedad—. No podemos correr el riesgo. Ignoramos si usa su magia para el bien o para el mal.

—Mamá, apenas tiene dieciséis años. Y hay algo en ella que me inspira confianza.

—Thomas, confiá en mí. La edad no define la bondad o la maldad.

—Quizás no debí hablarte de esto —suspiré resignado—. Tal vez estoy equivocado, solo alucinando.

—Decime algo, ¿qué sucede cuando la tocás?

—No la he tocado.

—Pero en tus sueños seguro que sí.

Hice un esfuerzo para recordar.

—Es como si emanara magia. Siento algo en mi interior; y, cuando está cerca, tengo la sensación de que estoy a punto de transformarme. Me pone muy nervioso.

—Entonces, ella también tiene magia y sabe cómo usarla, por eso te atrae. Debemos descubrir cuál es su verdadera naturaleza y, si es una bruja, tenés que saber que tal vez necesitemos partir antes de lo planeado.

—¿Con la abuela Cleo no viviste algo parecido?

—Ella era una hechicera intachable, su magia siempre estuvo al servicio del bien.

—Mamá, ella tenía el poder, y aún lo tiene, de penetrar en los sueños. No sabemos la infinidad de cosas que podía hacer, pero esa era una, y no le temías —repliqué.

—Ella era mi madre, la vi ayudar a muchas personas con su magia y proteger a muchas más. No intentes compararla con ninguna persona que conozcas, jovencito. No vuelvas a hacerlo. —La voz temblorosa, cargada de nostalgia y profundo cariño, resonó en el aire mientras pronunciaba sus palabras con determinación.

Nos quedamos en un tenso silencio. No quería alejarme de Isa. Con ella me sentía en libertad, porque sabía que ella me aceptaba.

Por eso lo correcto era enfrentarla. No podía ser malvada, pero estaba casi convencido de que era una bruja.

Cuando terminamos de desayunar, escuché los pasos de Isa resonar por las escaleras. Nos saludó con una sonrisa y esperó con paciencia que mi madre le sirviera un café. Actuamos como si la charla no hubiese ocurrido.

Durante la comida, conversamos sobre la escuela y mamá compartió algunas anécdotas de nuestros viajes. Al terminar, Isa y yo ayudamos a levantar la mesa, lavar y secar los platos.

Ese día, el sol lucía radiante, por lo que le propuse a Isa dar un paseo. Era la ocasión perfecta para hablar con ella. Durante nuestra caminata, encontramos un árbol con mandarinas y sacamos algunas para comer en el camino. Llegamos a la orilla de un río y decidimos hacer una parada ahí. El agua estaba fría pero cristalina. Parecía que habíamos tropezado con un hermoso fin de semana de verano.

—Es un día increíble, ¿no creés?

—La verdad es que sí. Siento como si el verano estuviera diciendo adiós para dar paso a la estación más hermosa de todas —manifesté contento.

—Sí, yo también adoro el otoño.

—Ese día es mi cumpleaños.

—¿En serio? ¡Entonces debemos celebrarlo! —exclamó sorprendida.

—No suelo hacer grandes festejos, no me agrada mucho —comenté.

—¡Así sale a la luz el alma vieja que llevas dentro! Yo voy a hacerte un festejo. El natalicio es un momento especial que debe celebrarse de alguna manera —rio.

—Isa... —comencé, bajando la cabeza para evadir su mirada—. Necesitamos hablar de algo y no sé por dónde iniciar.

—Por el principio, Thomas —sugirió con una sonrisa.

Por unos momentos me sumergí en un profundo silencio mientras trataba de hallar la mejor manera de expresar mis dudas. Al no encontrarla, pensé que era mejor… transformarme. De todos modos, en cuanto regresaramos a casa, tendría que empezar los preparativos para partir una vez más.

Cerré los ojos y permití que la naturaleza me envolviera. El aire acariciaba mi rostro y el aroma del campo agudizaba mis sentidos. Me concentré en la imagen de Isa, en su cabello danzando al viento y en su sonrisa iluminada por el sol. Entonces, sin dolores ni vértigos, cambié. Al abrir los ojos, ella seguía frente a mí, pero, en lugar de temor, su mirada destilaba felicidad.

La alegría que experimenté al ver que no huyó fue indescriptible. Sentía el corazón retumbando en mi pecho, amenazando con liberarse.

—¡Guau, sí que soy linda! —bromeó ella.

—Ya lo sabías, ¿verdad?

—Sí, desde el día que me senté a tu lado, en la escuela.

—¿Por eso te acercaste a mí?

—No, fue porque en ese momento me di cuenta de que necesitabas ayuda. Y además de que estás muy lindo. —Me dio un ligero codazo.

—¿Fuiste vos la que se convirtió en esa mujer de Sevilla? —interrogué.

—¿Qué? —Su sonrisa se esfumó—. Recién ayer pude entrar en tus sueños. Solo puedo hacerlo si estoy cerca, aún no controlo bien mi don.

—Lo entiendo, yo tampoco manejo bien el mío. —Pero el tuyo es poderoso. Conozco a los cambiaformas y lo que pueden hacer es extraordinario —declaró con una mezcla de asombro y respeto en la voz.

—Lo tuyo también es especial.

—No sé, todavía me queda mucho por aprender. De todas formas, debés tener cuidado de que nadie entre en tus sueños. Pero no te preocupes; mientras yo esté cerca, voy a protegerte lo mejor que pueda.

—Mi abuela escribió bastante de ustedes. Puedo enseñarte sus libros; a lo mejor te orienta y ayuda a mejorar.

—Sí, por supuesto, me encantaría.

—¿Cómo conocés a los cambiaformas?

—En un viaje que hicimos con mis padres, conocí a unos amigos de ellos que eran cambiaformas. Eran amables y muy queribles.

—Esto es increíble. Algún día me gustaría conocerlos. Es decir, entablar alguna conversación. A lo mejor pueden ayudar con mi cambio.

—Intentaré conseguirte su contacto, lo prometo.

—¿Por qué? ¿Por qué harías eso?

—¿Cómo que por qué? Porque te estás convirtiendo en alguien especial para mí, y tengo que protegerte.

—Necesito saber que sos de los buenos, Isa. ¿Lo sos?

—¿Podés volver a ser vos? No es tan divertido hablar con mi reflejo —esquivó mi pregunta.

—No sé —respondí entre risas—. Ahora estoy un poco nervioso y se siente bien estar en tu cuerpo. Veremos qué adquiero de vos.

—¿Podés obtener las habilidades de las personas en las que te convertís?

Asentí con la cabeza.

—Eso es increíble, nunca he leído acerca de alguien que lo haya hecho. Si es así, lo han mantenido en secreto.

—Creo que lo han reservado, tal vez para protegernos.

—Puede ser. Ahora podrás entrar en los sueños, Thomas. Y con práctica, podrás proteger a los tuyos —concluyó.

—Tenés razón, no lo había pensado. Eso sería asombroso.

—Debés seguir manteniéndolo en secreto. No sería bueno que supieran que tu don va a aumentar. Podrían creer que sos una amenaza.

—¿Vas a contestar lo que te pregunté o querés que lo descubra por mi cuenta?

—En mi familia existieron muchos brujos oscuros, Tommy. Personas que no quisieras que se crucen en tu vida, mucho menos en tus sueños. Por eso mis padres decidieron alejarse al saber de mi existencia. Ellos me sobreprotegen y me enseñan a usar mi don para que los de mi linaje no me encuentren. No somos malos aquí, Thomas.

Entonces decidí mostrarle la fotografía que encontré el día que llegué a la casa de mi abuela, entre sus libros. Me miró muy dolida y con lágrimas en los ojos.

—Esta mujer de la foto es mi abuela, Thomas.

—¿Qué? —exclamé sorprendido— Ella apareció varias veces en mis sueños, me dijo que está en Sevilla, que la buscara, que podía ayudarme a manejar mi poder, pero no sé qué pensar.

—Ella le hizo mucho daño a la gente. Es una mala persona, Thomas. Mi mamá se alejó completamente de ella —me dijo seriamente.

—Pero por lo que se ve, eran amigas con mi abuela. ¿Qué significa eso?

—No lo sé, a lo mejor deberías preguntarle cuando te visite en los sueños.

—Sí, eso voy a hacer. No estés mal, Isa.

—Mientras estés vos, todo va ir bien. Por ahora queda protegernos e intentar dominar mejor nuestros dones.

Nos sumimos en un silencio cómodo, cada uno perdido en sus propios pensamientos.

—He querido hacer esto desde hace un tiempo —comentó Isa. Sentí su cercanía. Me giré para verla y me encontré con su rostro a centímetros del mío. Le permití que continuara con su acercamiento y cerré los ojos, preparándome para el impacto. Nuestros labios se fundieron en un beso cálido con sabor a café y almendras. Sostuve su rostro con mis manos y profundicé el beso. Sentía como si mi alma estuviera danzando.

Fue el mejor beso que me dieron hasta el momento, mejor que el que se atrevió a darme en mis sueños. Fue perfecto, húmedo, cálido y con sabor a libertad.

En el camino de regreso a casa, Isa tomó mi mano y sentí, por primera vez, que finalmente pertenecía a algún lugar, donde no tenía que huir ni mentir sobre quién era.

Ya encontraría la manera de hablar con mi mamá o de aclarar la situación. Por ahora, solo quería disfrutar de la compañía de Isa y de su pelo al viento.

CAPÍTULO 9

—¿Qué descubriste? —interrogó mi madre después de llevar a Isa a su casa.

—Hablé con ella. Es una bruja y tiene el don de entrar en los sueños —le conté lo que Isa me había dicho—. A su lado pude convertirme sin miedo, sin vértigo ni dolores.

—Thomas, ¿me estás hablando en serio? —Frunció el ceño.

—Sí, mamá. ¿Qué tiene? —Me tendió una hoja arrugada. No necesitaba verla, ya sabía de qué se trataba—. ¿Husmeaste entre sus cosas?

—Por supuesto que sí —respondió—. ¿Por qué razón ella arrancaría esa hoja y por qué querría ocultar parte de su pasado?

—Por la misma razón que vos y papá llevan escondiéndome hace años de todo el mundo. La misma razón por la que mi único amigo no sabe quién soy. La misma razón, mamá, que te hace mantenerme alejado de todos los que son como yo. ¡Miedo! —contesté con enojo.

—Es distinto, Thomas. Su linaje es maligno, hijo. Aquellos que pueden entrar en los sueños siempre han intentado dominar a los cambiaformas y a cualquier mago, brujo o hechicero. Lo dice esa hoja, lo sabemos todos. —Ahora era ella la que estaba más enojada.

—Ella no es así, no lo es —la defendí—. La mujer de la foto es su abuela. Su madre se alejó de ella porque no compartía su forma de ver las cosas.

—¿Era de los malos? —me consultó y asentí—. Seguramente mi madre tenga un gran motivo para tener una foto con ella.

Suspiré. Necesitaba ser paciente.

—El mismo que tengo yo para confiar en Isa. Me transformé en ella y ahora tengo su don —le expliqué.

—¿Que hiciste qué? ¿Por qué harías algo como eso? ¡Dios mío, Thomas! —chilló exasperada.

—Mamá, dejá de temer a lo desconocido. ¿No era el propósito de este viaje descubrir más? Bueno, aprendí a controlar mucho mejor mi don, y esta última transformación no cambió nada en mi aspecto físico. Deberías alegrarte, al menos. Y considerar que si Isa fuera una mala persona, jamás hubiese dejado que me transformara en ella.

Nos quedamos en silencio, enojados los dos, intentando entendernos, pero iba a ser difícil. Yo sabía que mamá iba a comprender que no era solo el afecto que había crecido en mí por Isa, sino ella en sí su forma de ser la que me hizo creer en su bondad.

Isa fue conmigo a mi casa el miércoles por la tarde, se la presenté a mi papá y congeniaron al instante. En cuanto a mi madre, ya confiaba más en Isa y eso me hizo sentir increíble. De hecho, dos días después del regreso del campo, hablamos sobre nuestra discusión y nos pedimos disculpas. Este era el momento donde más unidos debíamos estar como familia.

El sábado era mi cumpleaños y tenía planeado hacer algo tranquilo con mis padres e Isa. Me encantaría poder compartir mi día con

Martín, pero la distancia era complicada. Gracias a Isa me animé a llamarlo y revelarle mi secreto.

—Aún no entiendo nada —admitió anonadado—. Sé que sos vos, pero no lo parecés... No puedo explicarlo.

Ambos teníamos la cámara encendida.

—Es confuso, lo sé. Siento mucho haberte dado tanta información de golpe, pero de a poco vas a empezar a entenderlo. No te preocupes.

Tenía a Isa al lado. Tomé su mano y de manera casi natural cambié de forma. Al otro lado, Martín miraba atónito a la figura de mi padre que se vislumbraba del otro lado de la pantalla.

Hubo un silencio que se me hizo eterno.

—Decime algo, por favor —le supliqué mientras volvía a cambiar.

—Sigo sin entender qué sucede. No estoy enfadado, pero me molesta que hayas tenido que cargar con esto solo por tanto tiempo; y, aun así, comprendo por qué lo hiciste.

Me sorprendió su respuesta.

—Lo siento, en serio. Es que tenía miedo de perder nuestra amistad.

—¿Dónde demonios leíste que una amistad como la nuestra se podía acabar porque sos un maldito friki con poderes sobrenaturales? Bueno... —Hizo una pausa—. Diciéndolo así..., da miedo —empezó a reírse.

Tuvimos una charla amena y, de paso, conoció a Isa. Terminé la llamada cuando llegó la hora de acompañarla a su casa.

Mientras regresaba, me llegó una notificación. Tenía un mensaje de Martín.

Martín:
Sigo en *shock* por todo lo que acaba de suceder.

Ese mensaje me devolvió el alma, me hizo perder todos los miedos que había creado en torno a esa relación y me alegraba saber que él era tan diferente, tan único.

Por la noche, soñé con mi abuela. Esta vez el lugar lo elegí yo, en Italia, en la plaza que había al frente de la casa de mi padre. Le pedí que se sentara a mi lado.

—Ahora puedes dirigir y proteger tus sueños. Admiro la rapidez con la que adquieres las cosas —me dijo con orgullo.

—Sí, es verdad. Todavía hay mucho que debo aprender. Me esforzaré más, pero quiero hacerte una pregunta —prometí.

—Pregúntame, mi niño.

—Entre tus cosas encontré una foto; en ella está la abuela de Isa. Esa mujer me ha visitado muchas veces en los sueños. Isa me contó que no es una buena persona. Quería saber por qué tú estabas en Sevilla con ella.

—Es una larga historia. La conocí en un viaje cuando era joven. Me encantó la facilidad con la que manejaba su don. Pero las cosas comenzaron a ponerse feas cuando noté que intentaba manipular mis sueños, me di cuenta de que sus intenciones no eran las mismas que las mías. Y supongo que cuando supo de tu existencia buscó información sobre ti.

—No sé si sabrá que adopto los «poderes» o habilidades de aquellos en los que me convierto.

—No creo que lo sepa, ya hubiera venido a buscarte. Lo más seguro es que esté buscando llegar a otra persona a través de ti.

—¡Isa! —dije asustado.

—Seguramente. Pero todavía puedo protegerte, cariño, no lo olvides. —Su mirada me transmitió calidez—. No puedo saber cuáles son las intenciones de ella, pero sí que debes cuidarte y proteger a tu familia. Y, aunque duela, debes guardar tu secreto de los mundanos.

—Yo tampoco puedo saber cómo seré yo, pero daré lo mejor de mí. Te juro que voy a protegerlos a todos. Gracias por haber dejado tantas cosas para que yo aprenda. Te amo.

—Me hubiera gustado estar más tiempo y poder enseñarte más. Pero acá estaré cada vez que me necesites, en estos sueños, en los olores que te recuerden a mí; ahí estaré, mi niño.

La abracé con anhelo.

Era sábado. Martín fue el primero en llamarme para saludarme por mi cumpleaños. Por la tarde, vino Isa y me regaló una campera de cuero que, para ser honesto, me gustó mucho. Mamá aprovechó la ocasión e hizo unas pizzas deliciosas. Era el primer cumpleaños en seis años en el que me sentía tranquilo y seguro. Pude notar a mis papás con esa misma tranquilidad; al fin podíamos estar en un lugar de forma permanente o, al menos, hasta que yo creciera y decidiera mi futuro.

Era un alma vieja, Isa siempre tuvo razón en eso. A veces razonaba cosas que solo los adultos o alguien con más responsabilidad consideraba.

El clima era precioso, así que salimos al patio con Isa. Aunque el otoño estaba a la vuelta de la esquina, el verano parecía querer despedirse en todo su esplendor.

—¿Cómo te sentís? —me preguntó mientras se abrazaba a mí.

—Pleno, contento y agradecido.

—Me alegra mucho, pero me alegra aún más haberte encontrado —dijo con una sonrisa que se extendía de oreja a oreja.

—Me alegra tenerte cerca, incluso aunque sea un friki, ¿no? —Le besé la mejilla.

—Si no lo fueras, nunca nos hubiéramos conocido —confesó.

No pude evitar reírme ante su ocurrencia.

—Te quiero así como sos. Para mí siempre serás Thomas, el chico inteligente, precioso y cambiaformas del que me enamoré. No podría tener más suerte.

—Si hablamos de suerte, acá el único afortunado soy yo por haberme encontrado con alguien que me vio cuando nadie más lo hizo y que, encima, me enseña a manejar mi don. Me diste un lugar, Isa; me hiciste parte de algo. Gracias. —La abracé con más fuerza—. Te quiero, Isabelle.

Aunque éramos dos adolescentes, nuestras almas estaban conectadas por la magia, por el don y por lo que fuera que el universo haya puesto entre nosotros.

Por primera vez, el cambiar ya no era un dilema y algo que no pudiera controlar.

Por primera vez, me sentía feliz con quien era y podía establecerme en un lugar.

Soy Thomas Leone, tengo diecisiete años y soy un cambiaformas que adopta los dones de todas las personas en las que se transforma. En mi sangre hay magia y en la de mi novia también. Sabemos que nos queda mucho por aprender, pero nos tenemos el uno al otro, nos protegemos y estamos dispuestos a que todos los cambios nos encuentren, así, juntos.

AGRADECIMIENTOS

A mi familia, mis hermanos y mi madre, por cuidar de Gael y Luisana como nadie después de mí. A mi única sobrina, Jazmín.

En particular a mi padre, que me acompaña en cada uno de los sueños que tengo. Cree en mí y me infundió el amor inmenso que siento por los libros. Un pedacito de este libro es para vos.

A mis amigos, los de siempre, los que han estado en cada uno de los momentos difíciles de mi vida. Sé que es imposible nombrarlos a todos, pero si al leer esto sentís un nudo en el estómago, sí, estoy hablando de vos.

A mi querida Mery. Las palabras no alcanzan para expresar lo mucho que has cambiado mi vida. Gracias por tanto.

A Verónica, mi amiga de la infancia, quien ha estado cultivando y nutriendo nuestra amistad hace treinta y dos años. Fuiste una de las que leyó esto y recuerdo el amor que les diste a mis palabras. Gracias por las noches, los días, los años. Te amo.

A Nieves, no lectora apasionada pero sí entusiasta de mis historias. Amigas hace treinta años, ahora con hijos amigos también. Mi niña, la que debo cuidar hasta el final de mis días. Te amo.

A Afua, segunda madre de mis hijos, un pilar indispensable en nuestras vidas. Sin vos, mi vida hubiese sido una cuesta arriba sin fin. Gracias. Simplemente gracias.

A mis cuñadas Rocío y Janet por cuidar tan bien de mis hijos en mi ausencia.

A Maxi, *putsi* de mi corazón, por tu apoyo en los peores momentos.

A mi *sestra*, no hay palabras para tanto amor, por esos consejos que uso a diario en mi andar.

A mi *meme*. Volviste en el momento justo, hermana querida. Gracias por Benjamín, mi adorado ahijado, amor de mi existir.

A mí tía amada, Gloria Fernández, que me enseñó de la magia desde que tengo uso de razón: me mostró duendes, me dijo que la verdad está detrás de los ángeles y que el mundo es mejor mientras las brujas buenas habitamos en él. Gracias por cuidarme como una hija.

A Shasha, por creer en mí desde el primer día y decirme que podía, que puedo y que podré, que escribir es lo que más disfruto hacer. Fuiste y sos mi conciencia a la hora de sentarme a crear. Gracias por esta oportunidad, y a Nacho por ser un profesor excepcional.

A mis dos amados y apreciados ángeles que me guían desde el cielo. Abuelo Antonio, un día bajaste, me diste una hoja en blanco, te pregunté para qué, sonreíste y me dijiste: «Hacé lo que más te gusta hacer y para lo que viniste a la vida». Gracias por eso, por enseñarme a amar la lectura. Ojalá estés orgulloso de mí. Te extrañaré siempre.

Y a mi tía Valle. Estás dentro de estas páginas, un personaje es exclusivamente pensando en vos. Quisiera ser un poco la madre que fuiste, pero tengo tus mañas al cocinar, tu mirada enojada que dice sin hablar y tengo tu crema para recordar tu olor. Te tengo en esos sueños donde venís a abrazar mi dolor. Mi madre, mi todo. Siempre te extrañaré, no existe posibilidad de que no lo haga. Pero aquí estás como siempre, sin vacilar. Te amo mucho.

También quiero agradecer a Facundo, mi compañero más fiel, el que me banca en todas. Nunca un no, siempre ahí, dándolo todo el uno para el otro. A tu lado aprendí que los te quiero nacen de las miradas más profundas y de esos silencios donde se rozan las manos. Gracias por seguir a mi lado, por escuchar, por contener, por sostener y entender. Te quiero, *vaki*.

Y, por último, a los dos seres más importantes de mi vida, a los que me devolvieron las ganas de reír, de vivir. Los que ven mis días malos y siguen aquí, los que no preguntan porque entienden el silencio. A los que me dicen «mamá, te amo»; «mamá, gracias»; «mamá, compráme»; «mamá, tengo hambre». Esa palabra clave y que da sentido a mi vivir. Mis hijos Gael y Luisana. El mundo es maravilloso gracias a ustedes dos. Este cuento es exclusivamente para ustedes, por hacerme sentir que valgo. Por darme la dicha de verlos reír. Por elegirme como madre. Gracias, hijos míos. Nadie en este universo va a poder amarlos como yo, porque yo los sentí primero que nadie.

Gracias, espero que lo disfruten. Los quiero.

Shishi.

BIBLIOTECA DE PIP

En el el año 2020, ofrecimos un curso de escritura narrativa pensando para autores de acá. Fue un espacio donde pudieron descubrir recursos, desenredar obstáculos y formular técnicas para dar vida a sus ideas literarias.

Al finalizar las jornadas, quienes participaron eligieron dos temas: bibliotecas y cambiaformas, como puntapiés para aplicar lo que aprendieron en cuentos de su propia autoría.

Esos escritos culminaron en una colección de libros apasionantes, que ahora tenemos el encanto de presentarles.

SOBRE LA AUTORA

Gisela Fernández nació en Córdoba, una mañana fría al principio d el otoño de 1987.

Es mamá de dos niños músicos, los motores de su vida. También es periodista y siente pasión por el club de sus amores, River Plate.

Su amor por la lectura y la escritura nació en su niñez, lo que la llevó a coleccionar historias desde los diez años. Esta es la primer pieza de esa colección, que nos comparte.

PIPBUK!